TRAGEDIE
DE
IEANNE D'ARQVES,
DITE LA PVCELLE
d'Orleans,

Natiue du village d'Emprenne, pres Voucouleurs en Lorraine.

A ROVEN,

DE L'IMPRIMERIE,
De Raphaël du Petit Val, Libraire & Imprimeur du Roy, deuant la grand porte du Palais, à l'Ange Raphaël.

1600.
Auec Priuilege de sa Maiesté.

Au Lecteur, sur l'Argument de la Tragedie.

LEs cendres de la Pucelle d'Orleans(puis que les cruelles flammes de son martyre, ne nous voulurent laisser ses os pour les enfermer sous vn marbre pieux) accusoyent l'ingratitude de la France, & commençoyent a la tenir partisane de l'enuieuse cruauté des Anglois, à raison qu'vne mort si tragique, n'auoit peu encor faire monter sur le Theatre des Muses, le tres-ample suiet qu'elle nous en auoit donné par sa valeur, plus contraire à ses ennemis & aux nostres, que fauorable à sa vie : ny eu tant de credit que d'animer les fureurs Poëtiques a venger son iniure par le recit de ses vertus, si l'Autheur de cet ouurage, pour amender les defaux desia pris, & la contumace qui s'alloit difinitiuement iuger contre la pareſſe commune de tant de beaux eſprits, n'euſt rendu tout ſeul le deuoir, qui nous oblige tous d'autant plus à l'honneur de ſes merites : que nous auons veu peu de Dames pareilles en ce Royaume : qui eſtant le plus fertil de ce monde, non en drogues comme l'Arabie, ny en perles, comme les Indes, mais en quantité de belles, & genereuſes ames : & en ayant produit vn ſi petit nombre de ce Sexe, rend la rareté recommandable, & le ſouuenir tresioyeux : puis que la pouſsiere de ce Phœnix ne peut faire renaiſtre vne eſpece ſemblable: Mais rendre ſeulement eternelle la gloire de ſa vie, comme l'innocence de ſa mort apparente, & tellement certaine : que ie ferois tort à voſtre cognoiſſance, & honte à mon diſcours, de vous rabatre la memoire d'vn ſuiet, que meſme le commun deuis vous defend d'oublier. Si ce n'eſt que pour interpreter le deſſein de l'Autheur (qui pour pardonner aux Normans, & pour celer le lieu de ſon deſaſtre, a rigoureuſement traité ſa Muſe, retenant ſa courſe dans vne ample carriere) ie vous aduertiſſe de ſa part, qu'il recognoiſt priuemẽt, que l'execution de la Pucelle fuſt faite en la place du vieil Marché de la ville de Rouen, le 30. iour de May, la vigile de la feſte Dieu, en l'an 1432.

combien qu'il n'en face aucune mention en pas vn de ses actes : non plus que de sa prise au secours de Compiegne, lors que partant de Lagny, elle desiroit rendre à ceste ville assiegee d'Anglois, & de Bourguignons, vn pareil office qu'elle auoit fait aux bourgeois d'Orleans sous le mesme Charles vii.

Mais le Dieu qui auoit armé sa dextre pour la defence de ce Royaume, voulant monstrer que l'estat de la France dependoit de sa seule main : & qu'ayant choisi ceste fille pour triomfer de la desroute de nos ennemis, il la vouloit aussi rendre victorieuse de leur enuie par la constance de son esprit resolu en son innocence, permist qu'elle fut prise en vne sortie par les gens de Messire Iean de Luxembourg, qui la liura aux Anglois.

Lesquels pour reparer leur fuite, qui auoit tant de fois monstré le dos à la face de ceste Amazone masquée non d'vn cache-nez, mais d'vn heaume, firent tourner visage à leur coüardise, sachant que son courage estoit bien libre dans les prisons de son seruage : Mais que ses bras enchainez ne pourroyent executer la vengeance de ses desirs : dont la vie neantmoins menaçoit celles des aduersaires, qui preuoyoyent au cas qu'ils la tinssent long temps, qu'elle fausseroit les portes d'vne foible prison, ayant peu renuerser les baricades de leur puissante armée.

La crainte de ce desastre prochain, l'enuie à sa gloire naissante, & le desir de sa mort inhumaine, animerét ce peuple, & principalement le Duc de Betfort, a requerir cet iniustice de Messire Pierre Cauchon Euesque de Beauuais, & naturel Anglois, qui pensant deuoir cela à sa patrie, condamna la Pucelle comme sorciere(faussement pretendue) a estre bruslée (ainsi qu'il est dit) pour consommer sa gloire auec ses os, qui n'ayans peu auoir la terre pour tombeau, ont eu le ciel pour vrne de leur cendre, & le souuenir du peuple François pour cymetiere de regrets & de pleurs.

PROLOGVE.

APelle induſtrieux par vn docte pinceau
Taſche d'eterniſer ſur vn large tableau
Les hõneurs & le nom d'vne dextre guerriere:
Liſippe ſur le marbre, & ſur la dure pierre
Anime les eſprits d'vn portrait cizaillé:
Policlete ſe plaiſt ſur vn œuure émaillé,
Grauer de ſon burin au temple de memoire
D'vn heros les vertus les palmes & la gloire,
Mais le Poëte ſaint le nourriſſon des Cieux
Par vn chant Eternel l'auoiſine des Dieux
Mignarde tellement aux fredons de ſa lire
Le los d'vn genereux & floriſſant Empire,
Qu'il endort, & la Parque, & les tartares ſœurs
Le chien a trois goſiers, les iuges puniſſeurs,
Le fleuue Lethean & tout ce qui s'efforce
De priuer ſes accords & de vie & de force.
Apres cygne éplumé il fend le creux de l'air,
Plus viſte qu'vn dedal qui commenc' à voler
Or vers le Rhin cornu ore deuers l'Euphrate,
Sur le Nil qui coulant à ſept canaux s'eſclate.
Ore ſur le Boſphor' or pres l'Hiberien:
L'Elegé, le Caré & le chaud Colchien
Entonnant çà & là d'vne voix Sibiline
Le renom & le los d'vne forte poitrine:
Ainſi par ce doux chant Hercule genereux
S'aſſit pres de Iupin entre les bien-heureux

Plusieurs bien que vaillans par vn sommeil
de fer
Ont ensemble endormy sous vn mesme rocher
Et leur nom, & leurs corps pour n'auoir eu de
Poëte
Fauorable aux honneurs de leur sainte con-
queste.
Quoy penseriez vous bien que l'œil Te-
narien
Seul eust comblé de feux le pariure Troyen?
Bruslé les beaux cheueux d'vn Paris adultere
Admiré l'ornement de sa triste misere?
Teuchre a-il le premier enfoncé les forts arcs?
Idomene a-il seul, bien rangé ses soldars?
Hector versé l'esprit par sa pudique femme
Deiphebe espandu pour le mesme son ame
Deuant Agamemnon? mill' & mill' ont vescu
Vrays rameaux de Mauors dõt le nõ est perdu
Pour n'auoir rencontré quelque langue diserte
Qui les peust retirer d'vne fatalle perte (trait
Or biẽ que dãs vos cœurs le beau los soit por-
D'vne forte pucelle, & que l'enuieux trait
Du Saturne glouton à son eternel aage
Ne le puisse effacer de vostre saint courage:
Que vous ayez tousiours cõme deuãt les yeux
Les dangers, les assauts les perils odieux,
L'audace de l'Anglois, & craignant sa furie
Au recit de ses maux vous filiez vostre vie:
Toutesfois nous pensons auec vostre faueur
Empraindre plus au vif son immortel hõneur.
Par vn tragic coturne, ainsi l'Egyptienne
Hecube ses enfans, la chaste Tyrienne
Et Lucrece auiourd'huy par vn nouuel effort
Sur vn triste eschaffaut se vengent de la mort.

Celle cy a ſauué par vn diuin ouurage
La Frãce d'vn degaſt d'vn peril, d'vn naufrage.
Elle a remis le ſceptr' en la main du François,
Fait ſecher les lauriers ſur le frõt des Anglois.
Elle a gardé nos murs d'vne perte eternelle:
Chaſſé biẽ loin de nous la grãd peſte mortelle:
Pouſſé dedans les flots l'infidel eſtranger
Contraint à la parfin ſes ondes renager:
De ſe donner la mort : apres victorieuſe
Elle a eſtaint ſes iours par la troupe enuieuſe
Sur vn braſier ardent : fuyez doncques d'icy:
Or chaſſez de vos cœurs tout ennuyeux ſoucy
Imitez Harpocrate & ſous vne preſence
Ornez noſtre eſchafaut d'vn Pharien ſilence.

Les Entre-parleurs.

Le Roy Charles ſeptiéme.
Le Duc d'Alençon.
La Pucelle.
Le Baſtard d'Orleans.
Le Conte du Suffort.
Glacidas Anglois.
Le Seigneur Talbot.
Lucidam Anglois.
Les Gendarmes executeurs.
Allide Anglois.
Les filles de France.

TRAGEDIE DE IEANNE D'ARQVES, DITE LA PVCELLE d'Orleans:

Natiue du village d'Emprenne, pres Voucouleurs en Lorraine.

ACTE I.

Le Roy. Le Duc d'Alençon.

LE ROY.

Voy qu'vn peuple coüard, qu'vn peuple effeminé,
Qu'vn barbare qu'vn serf s'eleue mutiné,
Plus mol qu'vn Phrigien, plus qu'vn Asiatique,
Plus qu'vn Medois nourry d'vn apareil Persique,
Et vainement enflé d'vn courage hautain
Tasche de nous rauir le sceptre de la main:
Les Geans serpens-pieds gros germe de la terre
Ainsi auoyent voulu esleuer vne guerre
Contre les immortels: & Tysiphe orgueilleux

Entrepris de pousser sa teste dans les Cieux:
D'y regir les flambeaux, d'y planter son trophee
Compagnon de l'orgueil de ce fier Salmonee.
„Les monstres naissent-ils par vn destin fatal
„Pour empourprer de sang l'Alcide chasse-mal?
„Et les timides Dains pour accroistre leurs bornes
Contre les forts Lyons osent dresser leurs cornes?
„Les Cerfs contre les loups, & l'oyseau Paphien
„Contre l'aigle chery du grand Saturnien?
Quelle rage est-ce cy? quel espoir, quel'audace
Quel sinistre malheur paroist deuant ma face?
Vn peuple parfumé d'Arabiques odeurs.
Cœur lasche, cœur failli déchainer ses fureurs
D'vn glaiue meurtrier, & d'vn'ire felonne
Cercher dans les combats la cruelle Belonne,
Remplir le Ciel de feux, la terre de soldards,
Trainer la Parque à soy d'vn million de dards,
Contendre d'arracher les lauriers de ma teste,
Et pendre par le fer quelque heureuse conqueste,
Qui s'éforce blanchir les plaines de nos os,
Teindre les eaux de sang, rompre nostre repos,
Nous embraser de feux, & planir de nos peres
Les tombeaux vrais tesmoins de nos saintes prieres:
Qui eleue vn char d'or pour marque de sa gloire,
Cerchant la palme ainsi que l'heur d'vne victoire.
Apres auoir passé entre mille hazars
Delà le pont Euxin vn essain de soldars:
Pris le Scithe fuyard contraint le Moscouite
Le Sarmate cruel desarmé de sa suite:
Beu les eaux du Danube & sur vn froid rocher
Graué le los acquis par la pointe du fer,
Apres tant de labeurs tant de mal enduré:
Je pensois me nourrir d'vn repos assuré
Brider dans mes prisons à cent horribles chesnes

Les filles de la nuict causes de tant de peines,
Tysiphone, Alecton, & leur troisiéme sœur
Dont le poil serpentin se grille de l'ardeur
Des feux Tenariens, le courroux & la rage
Fremissant au deuant de leur pasle visage.
Ià l'alme descendoit du grand trosne des Dieux,
Astree en ma faueur desia quittoit les Cieux,
Et le docte Alcion dessus l'onde azuree
Annonçoit les espics d'vne fertile annee,
La vigne s'eleuoit sur les riches ormeaux
Vestissant alentour de pampre ses rameaux:
Le harnois s'enroüilloit mon peuple ià lassé
Recompensoit par ieux les maux du temps passé:
Et moy pour tout soulas erigeant mes trophees
Ie rangois sur mon front les palmes Idumees:
Quand le pere des eaux escumant de courroux
Arma ses flots grondans tout soudain contre nous:
Et portant l'estranger sur son eschine enflee
Regorgea sur le bord vne moisson armee.
La terre incontinent fourmillit de soldars
L'air s'allume d'esclairs & herisse de dards:
Mauors sanglante tout: la parque tout empire
Et l'Anglois tasche en vain estaindre mon Empire:
I'entens ore des vns les plaintiues douleurs,
La perte, & le dommage, & les cris & les pleurs:
Or les murs esbranchez, or cent gorges beantes
Vosmir tout à la fois cent balottes tonnantes:
Or les palais razez: or des Dieux immortels
Les temples applanis, or les sacrez autels
Rouges du sang humain & comme d'vn orage
Tout froissé, tout batu tout comblé de naufrage.
Mais pourquoy dõc portay-ie vn sceptre dans la main?
Est ce pour endurer le soldat inhumain,
Le fer, le feu, le sang, regner en ma prouince?

Que seruent les lauriers sur la teste d'vn prince
„Si par le mesme bras ce que ià i'ay conquis
Ie ne le peux garder de mes fiers ennemis?
Si ie n'ay mesme cœur pour me pouuoir deffendre
Mes pays, mes subiets que i'ay bien peu estendre
Les bornes limitez? si ie ne puis vanger
L'audace tout à coup du pariure estranger?
Non, non, les Rois sacrez, race Saturnienne
N'oublient pas si tost l'ire Iunoniene
Ny le peuple sauué des flammes d'Ilion
Qui porta dans les eaux sous leur Roy Francion.
Leurs peres leurs enfans & leurs Dieux tutelaires
Ne s'estonnent iamais pour les troupes guerrieres.
Le François est semblable au saule verdissant
„Tant plus il est tondu & plus il va croissant:
„C'est vn monstre à neuf corps vn hidre Lernean
„Qui se rit és combats du fait Herculean
„Et pour vn front coupé d'vne main inutile
„Sept naissent à la fois sur sa teste fertile:
Il vaudroit beaucoup mieux que lors que tu conduis
Tes naux (Scitique Anglois) sur le dos de Thetis,
Que le pere Ocean qui embrasse le monde,
T'eust plongé malgré toy sous l'escume de l'onde,
Que lors que tu laissas, pour venir, tes maisons
Que tu eusses enflé le ventre des poissons
Ou trainé par les flots sur la perleuse arene
Soüillé de tes boyaux son orageuse plaine.
Il ne faut orgueilleux que tu penses dompter.
Mais qu'est-ce que ie dis, il ne te faut tenter
De vaincre celuy là dont la dextre meurtriere
Tousiours és ieux de Mars se monstre la premiere.
Ainsi celuy qui boit du Rhin les froides eaux
N'a receu contre nous que douleur & trauaux.
Ie iure par le glaive & par le Royal sceptre

Que triste maintenant ie branle dans ma dextre:
Par les sacrez lauriers qui entournent mon front
Par le saint nom de Roy par les ombres qui sont
Dans les creux des enfers d'Erebe, & de Cocyte,
Par le chef de Pluton, par celuy qui habite
Es beaux champs Elisez : par l'œil Ramnusien,
Ie vengeray le tort de mon peuple, & le mien.

Le Duc d'Alençon.

Sire que vous sert il parmy ce grand orage
Noyer d'vn triste ennuy vostre royal courage?
Que sert de vous fascher? n'auez vous le moyen
De punir comme il faut vn lasche Lidien?
Hé bien l'Anglois porté dans ses nauires creuses
A fiché l'ancre en fin és riues poissonneuses
De vos haures de grace, hé ne pouuez vous pas
Luy faire seillonner Neptune de ses bras?
Le contraindre quitter les rempars de vos villes,
Le chaßer aigrement iusqu'au sein de ses Isles,
Ou empourprer les eaux & de Seine & de Loire,
N'auez vous le pouuoir, mon Prince, de le faire?

Le Roy.

Hà ce n'est pas cela : ce n'est pas que le cœur
Me defaille au besoin, non, non, ny que l'ardeur
S'estaigne de mes ans seulement ie regrette
Mon subiet tourmenté d'vne horrible tempeste!

Le Duc d'Alençon.

Hé quoy penseriez-vous que pour tous ses labeurs
Vostre peuple oubliast ses premieres honneurs?
Sire, vostre subiet ressemble les rameaux
De la palme qui croist sur les Phenices eaux,
Tant plus elle a de faix tant plus elle à de force
Le faix croist sa roideur, & fait qu'elle s'efforce.
Estes vous le premier qui a senty l'effort
D'vn ennemy qui donne & la vie & la mort?

L'Epirote iadis sous vn grand capitaine
S'arma pour captiuer la liberté Romaine:
Se plongea dans le Tybre, & bien quoy cependant
Se peut il garentir du glaiue qu'en fuyant?
Le pariure Annibal le Spartaque homicide
L'allemant courageux & l'Escossois timide
L'Espagnol azuré, ses indomptez Bretons
N'ont-ils pas delaissé quelquesfois leurs cantons?
Pour faire sous leur bras trembler toute la terre?
Hé qu'ont-ils eu en fin sinon de fuir grand erre?
Vous auez: qui plus est monstré souuentesfois
De quel cœur de quel fer s'animent vos François,
Lors qu'vn barbare serf, dans la Gaule Sitique
En vain taschoit ourdir quelque ouurage bellique.

Le Roy.

Mais pendant l'ennemy brusle de toutes pars
Nos villes, nos chasteaux, & saisit nos rempars.

Le Duc d'Alençon.

Vous pouuez assoupir leurs Plutoniques flammes
Et border l'Acheron de leurs timides ames.

Le Roy.

Ils courent tous les iours la terre de soldars.

Le Duc d'Alençon.

Hé bien faites voler en l'air vos estendars.

Le Roy.

Il a surpris nos murs sans les pouuoir deffendre.

Le Duc d'Alençon.

Par le glaiue aceré il nous les faut reprendre.

Le Roy.

Pendant c'est ruyner mon peuple & le fouler.

Le Duc d'Alençon.

Il faut fendre la terre afin de moissonner.

Le Roy.

Mais c'est comme ie voy vne perte commune.

Le Luc d'Alençon.

Pour fortuner nos iours, il faut quelque fortune.

Le Roy.

N'auons nous le moyen de le batre autrement?

Le Duc d'Alençon.

On va par ce chemin beaucoup plus seurement.

Le Roy.

Hé bien qu'on face armer quelques troupes legeres
Pour abbatre l'effort des bandes estrangeres,
Preuoyez a celà ie iure derechef
Par l'arbre Scytien qui couronne mon chef,
Il ne se vantera de son Angloise audace.

Le Duc d'Alençon.

Sire, i'auray le soin que tout cela se face.

LE CHOEVR.

INcontinent qu'en nos cœurs,
S'embrasent les viues ardeurs
D'vne ambition folle:
Soudain nostre esprit allumé
Comme vn viste escler enflammé
Par tout le monde volle

Soudain l'oyseau Yberien
Quittant le ventre Tytien
Becquette nos entrailles:
Le bras meurtrier, le fer, le feu,
La rage le courroux amer
Est sanglant de nos batailles:

Tysiphone auec ses sœurs
Brandist les flambeaux punisseurs
Tout rougist de carnage:

Et lon ne voit rien cy bas
Parmy les assauts, les combats,
Que des parques l'image.

Heureux cil qui dans ce bois
Empoulle ses mains, & ses doigts
Au coup d'vne coignee:
qui se contente d'vn ruisseau:
D'vn petit champ: d'vn arbrisseau:
Venu du fruit d'vne annee.

Et dont l'esprit passionné,
Pour les grandeurs n'est adonné
Aux perles Indiennes:
N'aux sablons Pactoliens:
N'aux appareils Idiens:
Moins aux honneurs Romaines.

ACTE II.

La Pucelle. Le Bastard d'Orleans.

La Pucelle.

C'est assez habité parmy les froids ombrages:
Assez assez dormy dans les antres sauuages:
C'est assez enlacé les printanieres fleurs:
Couru dessus les prez esmaillez de couleurs,
Escouté les amours des troupes forestieres:
Or des mignards oyseaux les complaintes legeres:
Senty le doux gasouil des argentines eaux:
Et dans les bois muets retiré mes troupeaux.
Or sus il faut quitter les belles oreades

Les Nimphes, le plaisir de ces ondes iasardes:
Le carquois de Diane & son arc, & ses dards
Et toute me sacrer à l'homicide Mars,
Sauter dans les combats vestue de poussiere,
Accabler l'ennemy de ma dextre guerriere:
Peindre le fer de sang, declorre les conduits:
Chasser la peste loin, pour guarir mon pays,
Hé quoy? que me seruoit en ma tendre ieunesse
Pour tromper le repos, voler d'vne vitesse
Ore dessus la plaine or en haut m'accrocher
Pour attaindre en grimpant sur le haut d'vn rocher?
Or esbranler en vain de mes bras les grans chesnes?
Rompre vn baston pointu? si apres tant de peines,
Tant d'exercices vains, tant de mal combatu:
Ie ne donnois en fin preuue de ma vertu?
Ce casque martial pressant ma cheuelure
Ne conuient il pas mieux qu'vne riche coiffure?
Ce harnois endossé œuure Vulcanien
N'est-il pas plus plaisant que du froid Serien
Les robes peintes d'or, ou de Tyr empourprees?
Ou les ronds d'amans des indiques contrees?
Ce glaiue furieux qui pend à mon costé
Ces gréues, ce bouclier des Calibdes porté:
Ne m'ornent ils pas mieux qu'vne molle quenoüille?
Qu'vn fuzeau tournoyant? qu'vne riche despoüille
Des troupeaux porte-laine? ou d'vn fragile ozier
De rameaux abatus pour en faire vn pannier?
Ou qu'vne esguille en main au logis de mon pere
Et ce rustique habit d'vne simple bergere?
Maintenant ie me plais d'œillader seulement
L'iuoirine splendeur de ce mien vestement:
Et cacher au dessous d'vne face amoureuse
Vn courage indompté vne ame genereuse?
Depuis que le sommeil sous le pied d'vn ormeau

Me voila les deux yeux, aßise pres de l'eau,
Et les songes aillez coulans dedans mon ame
Echaufferent mon cœur d'vne diuine flame,
Puis comme messagers du tout-puissant Iupin
Me dirent en tels mots le but de mon destin:
Fille le seul soucy de la chaste Lucine
Quite, quite les bois, arme arme ta poitrine,
Venge l'iniure faite à ton propre pays,
Et chasse par le fer les douleurs, les ennuis
Qui comblent maintenant les subiets de ton Prince:
Arme-toy pour l'aider, & sa triste prouince.
Destors ie n'eu desir sinon de manier
En ma legere main, & le fer & l'acier,
Briser la lance au poin, respirer sous les armes,
Fendre le Ciel de dards, vaincre entre les gendarmes,
Porter la parque aux vns, & d'vn masle courage
Semer les champs de corps de testes & de targes.
Il faut doresnauant donc chanter les batailles
Et peindre l'estomach du sang de leurs entrailles:
Il faut suyure Ennion pourquoy ne puis-ie pas
Fille comme ie suis m'endurcir aux combats?
Les escus enlimez, les mains Amazonides
Fendirent par le fer les ondes Thermontides,
Et courant au secours du Troyen en danger
Chasserent iusqu'au port l'exercite étranger,
Du Gregeois inhumain: alla Panthasilée
Vosmir la hache au poing vne ame ensanglantee:
Les hommes pensent-ils qu'ils ayent seulement
Le bras, le cœur, le fer pour choquer viuement:
Et que nous ne deuons pour nos belles despoüilles
Que manier chez nous les fuseaux & quenoüilles
Garder nostre maison, & pour tous nos malheurs
Lire les braues faits des gendarmes vainqueurs?
Non, non, il faut dresser quelque heureuse conqueste,

L'armeure nous conuient außi bien sur la teste
Que la leur, & nos yeux, & nos pieds, & nos bras,
Außi bien que les leur cerchent les feux de Mars.
Celles qui aiment mieux vne ioüe vermeille,
Vn beau chef rayé d'or, vn œil plein de merueille,
Vn front yuoiriné, vn long col albastrin,
Vn sein chargé d'œillets, de roses, & de thin,
Qu'elles viuent à part sans honneur & sans gloire,
Et non pas comme nous remplies de victoire.
Puis donc que le renom à cent ailes porté
En faueur des guerriers fend l'air de tout costé,
Et s'ouurant à la fois cent bouches écumeuses
Eclate les honneurs des femmes belliqueuses.
Qu'attens-ie plus long temps par vn fait glorieux
De pousser außi bien ma teste dans les Cieux?
De cercher combatant parmy les morts la Parque
Et faire que Charon me traine en mesme barque,
Et mon ame, & ma vie? hé, que songé-ie tant?
Empourprons, empourprons ce coutelas de sang!
Si le destin le veut: si l'heur reuient en France
Poursuyuons coup sur coup, ayons bonne esperance.

Le Bastard d'Orleans.

Madame d'où renaist ceste diuine ardeur
Qui vous brusle à la fois, & la main & le cœur?
Quel espoir vous nourrist qui vous fait entreprendre,
Quels songes vains meteurs de nous vouloir defendre
Et chasser l'ennemy par vos Scytiques dards,
Plutost que par l'eßay de vingt mille soldars?
,, Les Pasteurs Mæneans & ceux de l'Arcadie
,, Entre mille troupeaux fillent leur longue vie:
,, Or iouent sur la plaine, or pour tous leurs ebats
,, Contre les animaux exercent leurs combats:
Et contre l'ennemy qui la forest enserre
Sans aller plus auant osent mener la guerre.

Madame, ce n'est pas chaſser dedans les bois,
Ce n'est pas topier le fuſeau dans les doigts
Qu'auoir le glaiue en main, quād aux épeſſes tropes
Choquent dru & menu en forme de Cyclopes:
Que l'air est plein de feux, de meuglemens de voix
Qu'on n'entend rien de tout qu'vn cliquoi de harnois:
Que les champs ſont ſemez de bras, de pieds, de teſte
Pied contre pied fichez & creste contre creſte
Que les cheuaux poudreux courent deſſus les corps
Que les écus froiſſez ſont pendus ſur les morts:
Aduiſez a loiſir, car les foibles bergeres
N'ont pas ainſi que nous les mains roides & fieres.

La Pucelle.

Monſeigneur, ie ſçay bien que ma vie & mes ans
Vous font deſeſperer de ce que ie pretens:
L'heur est fortune à tous, & la bonne fortune
Au débile auſsi bien qu'aux nerueux est commune:
Mon bras ſe plaiſt autant à la trempe du fer
Que celuy là d'Achile a porter le boucler:
Mon œil a regarder les cruelles armées
Que celuy de Iupin des voûtes étoillées.
Et à pied de courir aux troiques aſſauts:
Que ceux là de Thetis a courir ſur les eaux.

Le Baſtard d'Orleans.

Peut eſtre que vos yeux (deux flammeches mortelles)
Que ce poil, que ce front, que ſes léures iumelles,
Que ce lait peint de lis, & que vostre beauté
Pourroit vaincre & tuer autant de leur costé
Que l'eſpee de l'autre: ainſi Venus armee
Domta le triste Mars ſous la freſche ramee,
Iunon ſon fier mary, le fort Tyenthien
Deianire l'honneur du vaillant Pellien
Briſeis la captiue: ainſi l'Egyptienne
Surmonta le Romain ſur l'onde Nilienne.

Mais quoy l'on ne combat de tels traits, de tels feux,
Le fuyard Cyprien ne se trouue en tels ieux:
Ny l'arc marqueté d'or, ny la chaste Latonne,
Ny le carquois pendu sur l'épaule ne tonne.

La Pucelle.

Non, non, ie n'ay les yeux pour seruir d'ameçons
A ses fils d'Aphrodite, execrables poisons:
Mes ans sont dediez à la Tritonienne,
Qui de sa dextre abat la race Paphienne.
Le plaisir amoureux qu'on peut auoir de moy
Ce sont cruels assaux (épouuentable effroy)
La mort deuant les yeux, les playes incurables,
Les cris, les pleurs, les maux des pauures miserables.

Le Bastard d'Orleans.

Esperez-vous ainsi accabler sous le faix
D'vne robe d'Aymant les troupes des Anglois?
Vous promettre desia dans la main la victoire
Et grauer vostre nom sur les ondes de Loire?

La Pucelle.

La terre ne produit tant de fruits amassez
En Euripide, & pas tant de grains entassez:
L'Epire tant de feux sur les roches cauees
Le Danube tant d'eaux dedans son sein gelees
Que i'espere tramer à ce peuple de maux,
De labeurs, de soupirs, de penibles trauaux:
Pourquoy ne peux-ie pas punir leur fiere audace
Puis que cil qui voit tout, crie que ie le face?

Le Bastard d'Orleans.

Mais encor quel demon, quel heur, quel songe vain
Par la porte yuoirine est venu si soudain,
Qui inspire vos sens, qui vous donne courage
D'ourdir en combatant quelque heroique ouurage?

La Pucelle.

Ce Demon est l'autheur des hommes & des Dieux

Qui tourne en vn moment la grand voûte des Cieux:
Qui d'vn clin de son œil fait trembloter la terre,
Et tout ce que Pluton dans ses maisons enserre:
Ces songes cy portez par le Silenien.
Ainsi que ie dormois sous l'arbre d'Elien,
Ce sont ses mandemens c'est sa volonté sainte
Qui doit estre tousiours dans nos ames empreinte.

Le Bastard d'Orl.

Mais ne voyons nous pas les songes incertains?

La Pucelle.

Les vrais sont quelquefois enuoyez aux humains.

Le Bastard d'Orl.

Croyez-vous que le vostre ainsi soit veritable?

La Pucelle.

Ie le croy, & d'autant m'est-il recommandable.

Le Bastard d'Orl.

Quelle preuue auez-vous de cette verité?

La Pucelle.

Mon Prince, mon pays dans Carybde ietté?

Le Bastard d'Orl.

Pourquoy vostre pays? que vous sert vostre Prince?

La Pucelle.

Les Dieux ne veulent pas perdre encor sa prouince.

La Bastard d'Orl.

Comment vous vantez-vous de la pouuoir garder?

La Pucelle.

C'est à luy, il luy plaist de me le commander.

Le Bastard d'Orl.

Pourquoy plutost à vous qu'à quelque main guerrie (re?

La Pucelle.

Il monstre par cela sa celeste lumiere
Et fait voir que le loz de l'efroyable Mars,
Les breches, les assauts pend entre ses saints bras,
Que ce n'est pas le fer des Noriques espees,

L'esc

L'Escu double sept fois, les armes Achilees
Qui dominent aux coups: c'est sa seule bonté
Qui nous liure en nos mains nostre ennemy domté,
Il fait le plus souuent que la dextre imbecile
Renuerse des plus forts le pouuoir inutile,
Ainsi l'Israelite au courage diuin
Abatit d'vn caillou le geant Philistin,
Luy fit vomir du corps vne ame ensanglantee
De son propre cousteau sur la playe empourpree.

Le Bastard d'Orleans.

Mais peut estre que l'heur esteindra vos beaux ans.

La Pucelle.

Mais, c'est il toutesfois qui les fait florissans.

Le Bastard d'Orleans.

N'est-ce pas luy aussi qui donne les Trophees?

La Pucelle.

C'est, c'est l'Altitonnant conducteur des armees.

Le Bastard d'Orleans,

Je le veux: mais pendant il y a d'vn bon-heur.

La Pucelle.

L'homme est tousiours vaincu, mais Dieu est le vain-(queur.

Le Bastard d'Orleans.

Craignez-vous pas l'horreur des cruelles batailles?

La Pucelle.

Non, ny mesme l'effet de mille funerailles
Ny les fleuues de Stix, ny l'œil des ennemis
Pourueu que par ma mort i'inspire mon pays,
Trois quatre fois heureux ceux qui pour la patrie
Ont estaint sous l'arnois les flammes de leur vie.

Oraison de la Pucelle.

O Dieu saint conducteur des Getiques combats
Qui d'vn clin de ton œil souuent darde ça bas,
Faits trembler à la fois, & le ciel & la terre
Qui estrains dans ta main le foudre & le tonnerre,

Qui peux tout à la fois renuerser, & changer
Eloigne loin de nous tout malheur & danger:
Donne que ce trenchant entouré de ma dextre
Arme mon Roy Chrestien de couronne & de sceptre:
Qu'il abate l'orgueil d'vn chef audacieux,
Qu'il pousse ton saint nom iusques dedans les Cieux
Qu'il vuide mon pays d'vne cruelle peste
Qu'il tourne tout peril contre sa fiere teste.
Iadis tu inspiras vne Bethuliene
Pour dompter les efforts d'vn vaillant capitaine
Vn pasteur d'vn geant, vn fort Machabean
D'vn peuple mesprisant le saint nom Iessean.
Inspire moy Monarque, & permets que ta race
Ne paslisse tousiours deuant la rouge face
D'vn Anglois mutiné, sans toy on ne peut rien
Ny l'Alcide cruel ny le sang Thetien
Ne nous pourront sauuer, domine donc icy
Pere doux & benin pour chasser tout soucy
Pour te mieux reuerer: ta seruante imbecile?
Arme là, retirant du col, le ioug seruile.

LE CHOEVR.

CEluy qui d'vne ame loyalle
Inuoque les Dieux immortels,
Et d'vne dextre liberalle
Parfume leurs sacrez autels:
Ne craint ny Mars estant horrible,
Ny les discors, ny les fureurs,
Ny les yeux d'vn Tiran terrible,
Ny mesme les fatales sœurs:
Ny les ondes Deucaliennes
Ny l'audace des serpens pieds.
Ny les femmes Vulcaniennes

Ny tous les malheurs desliez:
Ny les autres Roys de l'Asie,
Ny le feu d'vn Saturnien
Si les cieux roulent sur sa vie
Encore ne craindra il rien.
Si l'ennemy court sur sa terre,
Et qu'il renuerse ses moissons,
Il attend pour chasser la guerre
Secours des celestes maisons.
Car iamais les Dieux n'abandonnent
Le iuste en son aduersité:
Ce sont ceux qui liberaux donnent
Le fer contre la cruauté.
Ils arment les mains imbecilles
D'vn pasteur, ou bien d'vn enfant
Pour empescher le sang des villes,
Comme par vn miracle grand.
Et pour punir la fiere audace,
D'vn estranger ambitieux,
Il excite contre sa face
L'onde, l'air, la terre, & les cieux.

ACTE III.

Le Conte du Suffort. Glacidas Anglois.
La Pucelle.

Le Conte du Suffort.

Coeurs lasches cœurs faillis, faineans, odieux
Timides, desarmez, fugitifs, peu soigneux
Serfs tout espouuentez sans bras, sans cœur, sans ame,
Ennemis des combats, du sang, du fer, des flammes,

Qu'est-ce que nous pensons, que veut ce changement?
Ce courage domté, ce triste tremblement
Qui nous palist de peur, & la main & la face?
Qui la gele plus fort que la geti que glace?
Auons nous donc plongé dans le fleuue d'oubly
Nos heroiques faits, n'auons nous plus soucy
De nos belles vertus? de nos forces premieres,
De nostre Anglique nom, de nos œuures guerrieres?
Quoy, quoy nous aprenons de monstrer nostre dos,
A l'œil de l'ennemy qui du fer sans repos
Nous fed l'eschine en deux qui nous l'ouure d'vlceres
Poursuyuant furieux nos troupes cagnardieres,
Et encor, ô malheur, trois fois malheur, malheur,
Vne femme de nous se vante le vainqueur,
Ha pour vaincre l'ardeur d'vne meschante fille
Nous auons estonnez la dextre trop debile?
Ou lors qu'il faut mener vne nature guerre
Ou battre en mesurant d'vn pied leger la terre,
Nous nous mettons à table & entre les beaux ieux
Couronnons les hanaps du bon pere moiteux,
Nous auons quelquesfois quitté nostre patrie
Pour achapter l'honneur aux depens de la vie:
Coupé les flots salez du vieil pere des eaux,
Trainé auecques nous à cent chesnes les naux,
Couuert les champs d'escus, de lances, & de dards,
Voillé les longs chemins de rouges estendards
Porté la teste au pied des superbes chasteaux,
Fais craqueter les champs sous les pieds des cheuaux
Hé, que vaut tout cela si nous laissons reprendre
Le los desia acquis que chacun doit deffendre?
Si le fort ennemy nous contraint renager
Les ondes derechef pour crainte du danger:
Si lasches nous fuyons abandonnant la guerre
Tous nuds & tous greslez au bord de nostre terre.

Ce n'est pas seulement de ce temps que l'Anglois
A tasché surmonter le sceptre du François:
Tes murs, ô saint Paris, tes tours haut esleuees
Ont esté maintesfois de nos mains esbranchees:
Vous villes qui lauez vostre pied sur le bord
Et de loire & de saine à l'onde qui s'endord,
Vous auez bien souuent senty nostre puissance
Rangees sous le ioug de nostre obeissance:
Mais que vaut ce discours: que vaut se souuenir
Si couards maintenant nous n'osons soustenir
Le bras de l'ennemy si nous perdons courage,
Et si nous palissons deuant son fier visage?
Dira l'on que l'Anglois est vn peuple orgueilleux
Qui se promet en songe & la mer & les Cieux?
Qui tasche renuerser les estats politiques,
Des Empires puissans les belles republiques?
Et pensant triompher dessus le char vainqueur
Remporte en son pays vn vilain deshonneur.
Non, non, il faut dresser plus hautement nos cornes,
Il faut planter plus haut que l'alcide nos bornes,
Si ce iour l'ennemy nous a contraint courir,
Demain il le faudra contraindre de mourir.
Ny tes enchantemens, execrable Medee,
,, Ny ta Thessale voix ny ta forme empruntee,
,, Ny ton onde auernalle ou tes Colchiques feux
,, Ne te pourront sauuer des fleuues Stigieux.
,, Tu peux bien comme on dit arrester les riuieres
,, Apeler les ruisseaux, & leurs sources premieres,
,, Tirer du ciel la Lune, & par ton noir venin,
Faire parler l'aurore & noircir l'Appenin
Mais tu ne pourras point auecques ta Megere
Ton Hæcate, ta nuict Thessalique sorciere
Ny auec tes dragons, tes fossez, tes flambeaux
Tes autels ensouphrez, tes roues, tes tombeaux

Tes herbes d'Eridan ou d'Emphrise ou d'Empee
Ou cueillie sur Pinde à la cime gelee,
D'Iole veneneuse, ou de ton Ibenie
Nous rauir par ton charme, & le cœur & la vie.
Fay ce que tu voudras inspire les François
Tu sentiras demain la force des Anglois
Tu dessendras reuoir les trois sœurs infernalles
Pour estre à tout iamais entre les ombres pasles.

Glacidas Anglois.

Monseigneur, courez tost hé voicy l'ennemy:
Il n'est pas de besoin de retarder icy.
I as il tue, il prend tout, tout fuit deuant sa face:
Plusieurs que pris que morts gisent dessus la place.
Vne femme enragee vne peste vn degast
Vn tonnerre, vn malheur sous les armes abat
Des soldats plus vaillans elle est presque maistresse.
Armez vous vistement & courez à la presse.

Le Conte du Suffort

Que me racontez vous? ha qu'est ce que i'entens?

Glacidas.

Ce qui est veritable, hé Dieux il n'est plus temps
De vous ficher icy, courez ie vous en prie.

Le Conte du Suffort.

O peste abominable infernalle furie
Race de stix ombreux, tu teindras, tu teindras
Ce glaiue de ton sang, ce harnois, ce mien bras.

La Pucelle.

Or c'est assez nos champs semez de bras de testes
Tesmoignent les honneurs de nos saintes conquestes:
C'est assez: l'ennemy ne se pourra vanter
Enfouyr sous les banquets, qu'il a peu remporter
Ler lauriers arrachez de nos terres fertilles,
Razé nos forts remparts, nos citez, & nos villes,
Il engresse la pleine, & ses pariures os

Rochers d'Eucaliens enflent ores les corps
Des vautours affamez les oiseaux de rapine
Le loup contre le loup pour son sang se mutine:
Et rompant en morceaux ses membres serpentins
Enrougissent les dents & l'ongle des mastins:
Ceux qui taschoyent d'ouurir les tõbeaux de nos peres
Donner la cendre au vent, nous combler de miseres,
Nous arracher la vie & nos propres maisons,
Nous ietter pour pasture au ventre des poissons,
Teindre nos fleuues saints de nos liquides ames,
Nous faire deuorer à la bouche des flammes,
Nous porter sur les yeux le fer ensanglanté,
Nous rauir en mourant l'honneur de chasteté.

Ceux, ceux, ont enduré les tourmens, & les peines
Qu'ils ourdissoyent desia de leurs mains inhumaines,
S'en est fait auiourd'huy ce glaiue martial
Ce heaume, ce harnois d'Achate tres loyal
De mon corps, de mes doigts, de mon front, de ma teste
Seignent de sa rougeur leur peril, leur deffaite.

Orleans qui es ceint d'vn mur Dardanien
Ouurage merueilleux du blond Lathonien
Qui te laue les pieds dans le fleuue de Loire
Nourrissé de Bachus, de Parnasse la gloire
Mere alme de Ceres & fille de Iupin,
Ne crains doresnauant que le soldat mutin,
Esbranche ce tien front & que l'Angloise audace
D'vn canon ensouffré tonne deuant ta face.
Et vous mes cheres sœurs dont la sainte beauté
Couronne les honneurs de vostre chasteté
Qui viuez comme moy sous les loix de Lucine,
Qui portez le bandeau deuant vostre poitrine,
Ne redoutez l'effort du peuple cauteleux,
Les ruisseaux de vos yeux ne decouleront plus
De crainte qu'vn amy ne tombe sur la breche

Ouuert de part en part d'vne mortelle fleche.
Toy fleuue roul'argent aym-or porte bateaux
Tu n'abreuueras plus l'estranger de tes eaux:
Tu ne seras contraint le trainer sur l'eschine,
Ils habitent là bas auecques Proserpine.
Et plongé dans les eaux du Cocyte puant
De sa desloyauté rend conte maintenant,
Et que reste il donc plus? pour ceux cy s'en est fait
Ceux qui sont eschapez detestent leur mechef,
Maudissans leur espoir, accusans leur folie
Et baignans de leur sang le bord de leur patrie.
Le François a monstré qu'il auoit mesme cœur,
Mesme bras mesme acier pour se rendre vainqueur
Du peuple fils de l'eau, de Cyde, de Cythere
Coüard, effeminé remply de vitupere.
Or leur race apprendra au funebre danger,
Que c'est que s'attaquer à vn peuple estranger,
Et sousmettant du tout son orgueilleux courage
Au peril enduré des siens deuiendra sage,
Ses voisins trembleront au seul nom du François:
Neptune n'osera sur soy trainer l'Anglois:
Les peres effrayez prescheront d'heure en heure
Leurs enfans de garder le lieu de leur demeure:
La meurtriere Erimnis, leur pastira le front,
Leur laschera les nerfs & pour tout ils n'auront
Que ses mots odieux & leur liquide terre
François, Loire, Orleans, escus, armes, & guerre.

LE CHOEVR.

QVi a-il plus inconstant
Que le cours de nostre vie?
Qui va tousiours combatant
Contre la peur & l'enuie.

Toutes choses vont cy bas
Comme les eaux des riuieres,
Ore douces, ore fieres,
Sans mesure & sans compas:
Et lon voit tout se changer
Dans vn rien, & d'heure en heure:
Le vent n'est pas si leger
Que le sort de la nature:
Celuy qui tant bien portoit
La palme en rond sur sa teste,
Et qui par elle domptoit
D'Hernion la froide peste.
Qui chantoit ermironnee
Des honneurs de sa victoire
Vit ores infortunee
Sans los, sans nom & sans gloire.
Ainsi le Romain vainqueur
Deuant les forces d'Actie,
Fut contraint perdant le cœur
En fin se couper la vie:
Le gendarme Tyrien,
La princesse Egiptienne,
L'armé poisson Cytien
La race Dardanienne.
Rien ne se tourne si tost,
Que le globe de nostre estre:
Celuy qui estoit tantost
Foible serf, deuiendra maistre.
La fortune dans les mains
Soustient la corne Almathee,
Et fiche ses pieds soudains
Sur vne rouë gesnee.
Si elle soulage l'vn
A l'instant elle l'abaisse:

Et par ſon change commun,
Elle tourne tout ſans ceſſe.
  Mais les Dieux iuges égaux
Qui dardent leurs yeux en terre,
Apres vn gouffre de maux
De peſte, de faim, de guerre.
  Ne quittent iamais leur ſang
Qui palliſt par la triſteſſe,
Ils changent ſoudainement
La perte de tout en lieſſe.

ACTE IIII.

Le Seigneur Talbot Anglois. Allide.

Le Seigneur Talbot.

Dieu qu'eſt-cecy? quelle triſte fortune?
Quel malheur? quel dãger? quelle perte cõmune
Quelle fin miſerable? & quel rouge courroux
Des immortels çà bas ſe tourne contre nous?
Las que dis-ie, que fis-ie, & que veux-ie à cet heure?
Helas ie ne ſuis plus qu'vne morte ſtature?
Ie ne ſuis qu'vne Idole ou qu'vn cheſne Indien
A qui les aquilons inſpirent le moyen
De parler en ſa mort, ie ne me ſens moy meſme
Paſle defiguré plus que la Parque bleſme.
Le ſang gelle en mes nerfs: la force me deffaut:
Ie ſuis cil qui mourant, de mourir ne ſe chaut:
Doncques, ô fier malheur, nos armees Angloiſes
Empourprent de leur ſang les campaignes Frãçoiſes,
Les fleuues agitez trainent deſſus les eaux
Nos harnois, nos boucliers, nos acerez couſteaux,

Et mille corps vaillans gisans dessus leurs targes,
Bordent de tous costez d'escume les riuages.
Nos amis ont vomy entre vn essein de dards.
Leurs esprits genereux batus de toutes parts:
O triste souuenir, ô extreme misere:
O comble de malheur, ô perte iournaliere
Pourquoy respiray-ie, or pourquoy mes pasles yeux
Regardent ils l'azur de la voûte des Cieux?
,,Trois quatre fois heureux qui parmy la furie
,,De la noir' Atropos ont espandu leur vie:
O fortunez esprits, que n'ay-ie comme vous
Le corps entremeurtry d'vn million de coups?
Que ne suis-ie tombé vaillamment en la guerre
Auec vous pour ne voir les plaintes de ma terre?
Pour le moins ie n'aurois la peine de mourir
D'vn glaiue maintenant l'estomach pour m'ouurir:
Ie viurois auec toy dans les beaux champs d'Elise
Mon Conte du Suffort, & pour toute entreprise
Nous parlerions tous deux sous les Myrthes sacrez,
Non de l'horrible Mars, des murs eslabourez,
Des embusches, d'assauts, de perils, des encombres
Mais de iouïr parmy les bienheureuses ombres:
Ie te raconterois Claside mon amy
Le los que tu receus combatant l'ennemy:
Et toy conte Salbris que les feux repoussez
Plongerent dans les creux des Stiges ensouffrez,
Qui iouïs maintenant d'vne sainte lumiere:
Tu rirois au discours de ma dextre guerriere,
Mais las: vous reposez mollement sur les fleurs:
Et ie vis en la terre affligé de douleurs:
Ie vis & si ie meurs sans esprit ie respire.
Quoy donc las! faudra il que pour tout nostre Empire
Pour tout honneur acquis, pour tous nos vers lauriers
Ie renage les flots moy mesme des premiers?

Que ie nonce la mort de leurs enfans aux peres?
Ie raconte nos maux, nos penibles miseres,
Ie sois le messager de toute cruauté,
Du malheur, du destin, du dommage aporté?
Ie gemisse au deuant d'vne royale face
De la porte de tous, & sans geste & sans grace?
Ie contraigne trembler le sceptre de sa main,
Ie luy face paslir le visage soudain:
Non, non, les meres, non, de leurs maux Thiestiens
Ne me detesteront, ny encores les miens:
Ie ne seray monstré du doigt parmy la ruë
Pour seruir aux passans d'vne fable cognue,
Pour me faire maudire, & les iours, & les nuits,
Prolonger leurs propos en leurs tristes ennuis:
Ie mourray comme vous, & si lors l'infortune
Ne me permet tomber en la perte commune,
Quand tous mes chers amis naurez dans les combats
De fléches de la mort descendirent là bas
Pour viure sous les loix d'Hecate à triple teste:
Ie suyuray maintenant leur heureuse conqueste.
Que retarday-ie donc? ce viste tremblement
Ne m'enseigne-til pas de courir vistement?
Cet ombre, ceste, nuict, priuée de lumiere
Ne nourrissent-ils pas de mes yeux la paupiere?
Ceste triste couleur qui me pallist si blanc
Qui fait que ie n'ay plus dans mes vaines de sang.
O race infortunee! ô fille d'Acheron!
O monstre serpentin espouse de Charon
Qui quittas tous les morts despouillé de la parque
Par tes enchantemens dans la fatale barque,
Pourquoy ne suis-ie pas (ennemie des Dieux)
Enroollé pour passer le fleuue Stigieux?
Que ne me donnas-tu quelque herbe venimeuse,
Quelque bouton cueilly dans l'Emonie herbeuse?

Et mille autres poisons, sorciere que tu sçais
Pour enclorre és tombeaux sous les tristes Cypres
Les mortels quand tu veux! pour le moins à cet heure
Ie bastirois sur ce ma noire sepulture:
Mais ayant, las, helas! tout meurtri, tout tué,
Ie suis par ton moyen malheureux reserué
Pour encore languir & par mes mains meurtrieres
Moy mesme me priuer de la claire lumiere,
Si faut-il toutesfois que mon bras & mes yeux
S'accoustument de voir d'eux mesmes enuieux
Vn si pauure spectacle, il le faut, & des l'heure
Il reste maintenant, il reste que ie meure?

Allide.

Hé monsieur, qu'est-ce cy? quelle estrange douleur
Quel mal, quel desespoir bourrelle vostre cœur?
Que veulent ces propos que vous teniez n'agueres?
Que veut dire mourir, ses paroles meurtrieres,
Ceste main, ce cousteau? voyez, voyez, pour Dieu
Que vous n'executez quelque ouurage en ce lieu
Tant indigne de vous, que de vostre industrie.

Talbot.

Ainsi ie regretois le malheur de ma vie
Nostre commun danger, la perte de nos gens
Qui gisent estendus sur les sillons des champs
Ce naufrage tousiours court deuant mon visage.

Allide.

Deuez-vous pour cela perdre ainsi le courage?
Deuez-vous lamenter, & les nuits & les iours
Appeller par vos cris les parques au secours?
Si nous auons laissé vne armee en la France,
Ne sçauez-vous pas bien que nous auons puissance
D'en reconduire trois, & plus audacieux
Leuer plus que deuant les cornes dans les Cieux?
L'Epirote iadis vaincu dedans l'Itale,

,,Porta patiemment sa ruine totalle
Et contraint retourner le front vers son pays
Fila ses ans en ieux auecques ses amis.
Si nous auons perdu la perte maintenant
Nous pourrons quelquesfois bien en gaigner autant.
Tousiours lon ne voit pas sur la mer Gaspienne
L'orage courroucé, la glace Armenienne
Ne bride pas tousiours le viste cours des eaux:
Ny le chesne en tout temps, & les larges ormeaux
Ne laissent pas tomber à leurs pieds leur fueillage.
Le bois Appulien ne sent tousiours l'orage
Du Boree insensé: ce qui est aduenu
N'aduiendra pas tousiours.

Talbot.

Mais nous auons perdu
(Ce que nous ne sçaurions, helas! iamais reprendre)
Tant de braues Seigneurs qui ioyeux de deffendre
Leur honneur, & celuy de leur prince ont ietté
Naguetes deuant nous l'esprit ensanglanté.

Allide.

Il est vray: mais pourtant vous ne sçauriez cõtraindre
Le destin de laisser ce qu'il desire attaindre.
Faut-il que pour cela vn lasche desespoir
Vous mette sur les yeux l'auernalle manoir?
Le vaillant Pellien apres tant de victoires,
Tant de labeurs passez, tant de maux, tant de gloires
Laissa à la parfin dessus le mur Troyen
Son corps descendre voir son cher Menetien.
L'Alcide son Ilas son compagnon Thesee,
Troille son Hector, son Euridice Orphee:
Si vos amis sont morts il en faut acquerir
D'autres qui vous pourront ainsi qu'eux secourir.

Talbot.

Le change bien souuent en est fort dommageable,

Allide.

Le change bien souuent en est fort profitable.

Talbot.

Ne vaudroit-il pas mieux que nous eussions couuert
L'herbe auecques eux?

Allide.

Non non : & que vous sert
Ce funebre propos : il faut aimer la vie.

Talbot.

Quoy nous en retourner vaincus en la patrie?

Allide.

Ou donc puis que les Dieux le permettent ainsi
Là nous respirerons sans crainte & sans soucy.

Talbot.

Chacun nous pensera, craintifs, coüards, infames
De nous laisser dompter par les mains d'vne femme.

Allide.

Die ce qu'il voudra si nous sommes vaincus
Ce n'est pas sans combatre.

Talbot.

Hé bien donc ie le veux:
Mais pendant iusqu'icy nous auons pris la fuite.

Allide.

Le fuyard quelquesfois commence la poursuite:
La fortune se change, & son visage faint
Ne monstre pas tousiours mesme rayon empraint.

Talbot.

La fortune se rit de nos maux pitoyables.

Allide.

Fortune est le soulas des pauures miserables.

Talbot.

Deuons nous esperer quelque bon changement?

Allide.

Ouy bien puis que son vol n'est pas vn seullement.

Talbot.

Hébien qu'on face armer le reste de l'armee
Pour courir au matin dessus l'onde salee.

Allide.

Ie hasteray le tout afin qu'auparauant,
Que le Ciel rougira, nos voilles soyent au vent

Talbot.

C'est assez, ie suis seul, il faut que ie m'auance
De nager dans Cocyte, & qu'insensé ie pense
De me donner la Parque à mes tristes malheurs
Vous, filles d'Acheron, vous Eumenides sœurs,
Thesiphon Erimnis, qui brulez en la dextre
Les flambeaux enrougis de sang pour vostre septre,
Qui seignez alentour de serpens vos cheueux,
Glissant deçà, delà de leur ventre baueux,
Aidez-moy maintenant, i'ay affaire de vous,
Iettez, iettez sur moy vostre rouge courroux,
Vostre rage, vos feux, iettez vostre Athamente,
Le roch Sysiphien, la Cadmeiqu' Amente:
La vague Tentabide & les Bellides sœurs,
Et tournez contre moy vos flambeaux punisseurs.
Où dois-ie commencer, las! quel genre de peine,
Faut-il que ie choisisse? ô fortune inhumaine!
O desastre! ô malheur! m'attacheray-ie au col
Pour esteindre mes ans vn infame licol?
Ou si d'vn haut rocher à la teste gelee
Ie lanceray mon corps dedans l'onde azuree?
Non, non, ce mien poignard à mon cœur dedié,
Cet acier flamboyant ce bras tant ennuyé
Me conduira là bas dans les eaux auernalles
Pour viure à tout iamais parmy les ondes palles,
Ainsi le fier Romain de son propre couteau
S'enfile pour ne voir vn triomphe nouueau.
Osons donc hardiment, & toy ma triste main

Fiche ce fer cruel par vn coup inhumain,
Vous filles de la nuict, aydez-moy derechef,
Courez, me voicy prest, punissez mon meschef,
Parques, Stix, Acheron, Cerbere, Proserpine,
Auance toy poignard enferre ma poitrine.

Allide.

Hé, bons Dieux! qu'est-ce cy? qui eust iamais pensé
Qu'vn si braue seigneur eust sa mort auancé?
Quel lasche desespoir, mon Talbot, ie vous prie,
A contraint vostre bras de vous couper la vie?
Va funeste couteau ne blesse plus mes yeux,
Tu m'as, tu m'as rauy ce que i'aimois le mieux,
Ore que tout couloit à mon grand auantage
Qu'apres tant de labeurs nous reprenions courage,
Que nostre perte est prise, & que pour son forfait
Elle doit endurer en fin ce qu'elle a fait
Souffrir à tant de nous: & sorciere execrable,
Etaindre dans son feu son charme detestable.
Nous auez vous laissez plongez en tant d'ennuys
Afin de voir sans vous nostre triste pays?
Ie m'en vois recourir pour porter la nouuelle
Aux autres tout soudain d'vne infortune telle,
Vous, soldats cependant pour office dernier
Leuez auecque moy ce corps fort & guerrier.

ACTE V.

La Pucelle. Lucidan Anglois.
Gentilshommes. Les Filles de France.

La Pucelle.

Las, ô Dieu! qu'est-ce cy? quel spectacle éfroyable
Quelle fin me poursuit: hà pauure miserable?

Dolente infortunee à qui tous les malheurs
Augmentent tous les iours mes plus tristes douleur
Donc apres tant de maux, tant de peines souffertes
Paßé tant de dangers enduré tant de pertes,
Pour vn char de triomphe, ou quelque verd laurier
Suis-ie trainee icy par vn barbare fier?
Ay-ie donné la vie à mon propre pays
Pour receuoir la Parque en ses tristes ennuis?
Ay-ie assoupy les feux qui deuorent nos ames
Pour seruir de pasture à ces ardantes flammes?
Ay-ie pauure pucelle enchainé les fureurs
Pour tourner contre moy les fatales horreurs:
Chaßé les pleurs, les cris, imprimé la liesse
Pour estre maintenant comblee de tristesse?
Ie ne craignois en rien les fleches de la mort:
Mais, las, quand ie me voy condamnee à grand tort,
Ie ne puis retenir le cours des deux fontaines
Qui roullent de mes yeux en ses humides plaines,
Qui doyuent maintenant les flammesches souffrir,
D'autant que tu as peu par armes secourir
Ton Roy, & ta patrie, & non infortunee
Me iuger faussement sous vn nom de Medee.
Pourquoy ne suis-ie pas sus vn brasier ardant
Pour auoir enrougy les campagnes de sang,
D'vn peuple furieux, & non comme sorciere
Canidie execrable insensee Megere?

Lucidan.

Madame, que sert-il vous gesner de la sorte
Domtez vos pleurs, vos cris, vostre paßion forte,
Si lon vous iuge à tort les Dieux ne veulent pas
Que le sort se mesure en vn mesme compas:
Ils voyent les mortels de leurs yeux pitoyables:
Ils secourent en fin les pauures miserables:
Esperez de là haut quelque meilleur support:

Les naux apres l'orage arriuent à bon port.

La Pucelle.

Donc puis que s'en est fait & que la parque folle
Au deuant de mes yeux desia vole & reuole:
Que le grand Gnosien desia branle hautain
Le fer pour éfacer ce qui reste en sa main,
En sa cruche fatale, & que les ombres saintes
M'attendent sur l'émail de leurs fléurettes peintes
Aux beaux champs d'Elizee, & que tarday-ie tant?
La mort m'est vne vie, où ie vais soulageant
Mes peines par plaisirs, par ioye ma tristesse,
France de l'vniuers, la mere & la maistresse,
Nourrice de Mauors qui porte sur le front
Les rameaux ébranchez des palmes sur le mont,
De l'odeur odoreuse, où dessous le riuage
Du Phenice puißant, écoute mon langage.
Ce iourdhuy par les feux mon ame en ta faueur
Quitera froidement le seiour de mon cœur,
Pour le moins que l'oubly, que le nombre des ans
N'enseuelisse point sur la longueur du temps,
Et mon nom, & mon corps en mesme sepulture,
Souuienne toy tousiours de l'estrangere iniure,
Vous ses filles Paris, Trois, Poitiers, Orleans
Mettez deuant vos yeux les gouffres euidens
Qu'il vous faudra souffrir: toy Orleans premiere
N'oublie point le nom de ma dextre guerriere,
Pour toy i'ay delaißé les forests & les bois,
Pour toy i'ay endoßé sur l'espaule vn harnois,
Pour toy pris le cousteau & hanté les carnages,
Pour toy i'ay enduré vn milion de rages,
Me monstrant des vainqueurs la sœur & la cõpagne
Or sur le sein d'vn pré, or dedans la campagne,
Puis que par mon moyen tu fleuris maintenant,
Les horreurs de la mort ne me preßent pas tant.

Ie meurs, & toutesfois ie me plais à ma fin,
Puis donc que mon pays me donne le destin,
Que mon Roy peint son chef d'vne iaune couronne,
Qu'il porte dans sa main le long septre, & qu'il donne
Les loix à ses subiets, les populaces meurs,
Ie ne crains d'vn brasier les cuisantes ardeurs,
Ny nul autre tourment, nul' autres cruautez,
Nuls autres maux çà bas des humains inuentez
Pour bourreller nos corps, puis que chere patrie
I'espandray ce iourd'huy en ta faueur ma vie.

Lucidan.

Madame c'est, assez pour tous vos longs propos
Vous ne sçauriez iouyr d'vn eternel repos.
Puisque c'est fait de vous, il faut qu'on s'achemine
Rien ne sert de fraper ainsi vostre poitrine.

La Pucelle.

Hà malheur inhumain puis qu'il ne reste rien,
Et qu'il faut aller voir le champ plutonien:
Puis que c'est fait de moy, hà desastre funeste,
O Parque qui desia t'assis dessus ma teste!
Adieu douce clarté qui dore tout le monde,
Qui regist l'air la terre, & domine sur l'onde,
Adieu mes bois toufus, mes argentez ruisseaux,
Ma France mon pays: vous villes, vous chateaux
Que i'ay gardé du sang de la main homicide
Des Angloises fureurs, de l'étrangere bride:
Et vous, adieu mes sœurs dont la riche beauté,
Et la grace, & l'honneur vole de tout costé,
Qu'il vous souuiene, helas, d'vne triste pucelle,
Ie ne souhaite pas respirer immortelle
Dans le marbre, ou l'yuoire, ou sur vn long papier,
Ie me contenteray si mon nom est entier.

Lucidan.

Allons, c'est trop tardé, que vous vaut-il de tordr[e]

Ies mains de la façon, puis qu'il n'y a point d'ordre
De prolonger vos ans? ie vous pry de penser
A la fin de vos iours, il se faut auancer.

La Pucelle.

O Dieu vray Redempteur! vray pere de clemence
Trois personnes trois noms, en vne mesme essence,
Dar de-foudre, tonnant, conducteur des armees,
De la terre, des cieux, & des eaux azurees,
Tout-puissant, tout-voyant, alme-saint pitoyable,
Exauce l'oraison de ceste miserable,
Tu conserues les vns dans les fourneaux ardans,
Les autres tu regis parmy les flots grondans,
Tu endors des lyons la rage & la furie
Pour sauuer des humains & les biens & la vie.
Tu retire les vifs du ventre des poissons,
Tu garde sous les faix les tremblantes moissons,
Dieu fauorise moy, & iette tes beaux yeux
Sur moy pauure, durant que i'œillade les Cieux.
Que ie respire encor, que ie suis sur la terre,
Et que le froid tombeau encore ne m'enserre.
En faueur des humains doux affable clement,
Reçoy pere, reçoy apres ce mien tourment
Mon esprit tourmenté des angoisses mortelles,
Range-le pres de toy aux demeures plus belles.

Les filles de France.

O fortune cruelle! ô torment execrable!
O espoir inconstant! ô vie miserable!
O pestifere enuie! ô poison des humains!
O ciel! ô terre! ô mer! ô actes inhumains!
Dieux, Dieux! ha, qu'est-ce cy? quelles tristes nouuel- (les?
Quel tant funeste bruit volle pres mes oreilles?
Helas! qu'est-ce que toy? que denotent ces pleurs
Ces cris & ses soupirs compagnons de douleurs?
Doncques c'est fait de toy Pucelle genereuse.

Ne respire tu plus la flamme chaleureuse?
A elle deuoré de tes ans la longueur?
Las! qu'est-ce que i'entens? ô destin, ô malheur,
Toy qui as assopi les feux abominables,
As-tu senty l'ardeur des flammes detestables,
Toy qui nous as rendu & la vie & le cœur.
Es-tu priuee d'os, de nerfs, & de chaleur?
Toy, toy pour captiuer l'infidelle estranger,
As-tu trainé le ioug sur vn mortel danger?
Hé, que n'auons-nous peu fillettes que nous sommes
Exercer enuers toy quelque faueur en somme
Que n'auons-nous souffert pour soulager tes maux
Vne troupe de nous tes penibles trauaux?
Tes beaux yeux maintenant se repaistroyent çà bas
De voir tant de lauriers acquis dans les combats
Par ta chaste valeur, & nous chastes compagnes,
Nous tes fidelles sœurs delaissans ces campagnes,
Ces palais enrichis, ces longs temples sacrez
De marbre, & de porphyre, en voûte elabourez,
Nous courrions sur les eaux tremblantes prisonnieres,
Saoulant la triste faim des troupes estrangeres.
Et nous esprouuerions ta cruauté, ta rage
Anglois barbare serf, sans force, sans courage.
Mais quoy, tous nos desirs ore n'y valent rien,
Car tu as mieux aimé nous rauir nostre bien
Que nous couper la vie: au moins Scythe fier Trace,
Troglodit inhumain, Cerberienne race,
Mais d'ou vient que tes yeux ne peurent contenter
Ton cœur maigre-vautour pour la voir tourmenter:
Pour la voir bourreller d'vn milion de peine,
Sans difamer son los: seulement tu ne gesne
Sa teste, mais son bruit espandu faussement
Tu penses assoupir par vn mesme tourment,
Et son sens & son nom: tu tasches à mesme heure

Que ſon corps & l'eſprit de ſa louenge meure.
Puiſſe-tu malheureux Athamente inſenſé
Endurer tous les maux qu'onques tu as penſé,
Mais puis que mes propos, que mes pleurs, & mō dueil
Ne ſçauroyent rapeler ton ame du cercueil,
Ny noſtre triſte veu, nos trop vaines prieres
Te faire renager les fatales riuieres:
Puis que c'eſt fait de toy adieu treſchere ſœur.
Regarde ſous les pieds exempte de douleur
Les aſtres maintenant, repais-toy d'Ambroſie:
Hume le doux nectar de l'immortelle vie,
Et parmy les plaiſirs de mill' ames amoureuſes.
Qui comme toy çà bas ont veſcu genereuſes,
Enſeuely tes maux par vn regard benin,
Qui te ſera dardé des beaux yeux de Iupin.
Et nous pour tout deuoir, pour tout dernier ofice
Nous aurons ſoin cy bas que ton nom ne periſſe,
Nous couurirons d'œillets, de roſes, & de lis
De mil' braues bouquets tout fraichement cueillis
Ta claire ſepulture, & pour longue memoire
Pour vn long ſouuenir nous poſerons ſur Loire
Les marques de ton los, vn autel émaillé
Que le roch Africain mignardement taillé
Vnira tout en rond: d'vn coſté ton image
Dans le cuiure ſera par quelque bel ouurage:
Et de l'autre coſté noſtre Prince Chreſtien
Eleuera ſon chef ainſi comme le tien:
Tous deux malgré le cours des gloutonnees annees
Vous verrez au Printemps pour chanter vos trophees
Noſtre peuple ioyeux par vn vœu ſolennel
S'acheminer par ordre à voſtre ſaint autel.
Rempliſſant tout le Ciel de chants & de lumieres,
Et les eaux caqueter au bruit de nos prieres.
Mille doctes eſprits apres feront voler

Vostre nom, vos vertus par le vuide de l'air
Sur la terre fertile, & en vostre faueur
Ourdirons quelque ouurage enflé de vostre honneur,
Qu'ils monstrerons apres pour heureuse conqueste
Sur vn theatre au peuple a vn saint iour de feste.
Ie te promets cela: adieu Pucelle adieu,
Pour toy i'habiteray en quelque triste lieu:
Pleurant ton fier destin & passant mon courage
Et mes yeux de tes yeux, de ton front mon visage.

Gentilhomme Anglois.

Or nous voila vengez, nostre perte totale,
La source de nos maux, nostre peste fatale
A payé largement soit à droit soit à tort
Nos malheurs auancez par le prix de sa mort:
Son corps cuit dans le feu n'est ore que poussiere
Qui vole pour seruir au chant d'vne sorciere:
Pour le moins nous auons accomply nos souhaits
Estaint dans le brasier ses heroiques faits,
Son los & sa vertu, car malgré mon courage
Ie suis contraint chanter son martial ouurage.
Vienne ce qu'il pourra: nous dirons toutesfois
Que la France a vaincu par charmes les Anglois.

FIN.

www.ingramcontent.com/pod-product-compliance
Ingram Content Group UK Ltd.
Pitfield, Milton Keynes, MK11 3LW, UK
UKHW021520260726
13993UKWH00004B/1799